अस्मिता

मोनिका गंगवार

मनुष्य आज अंधविश्वासों की भूमिका में भटकने के बजाय अपने पुरूषार्थ पर अधिक भरोसा करने लगा है। भाग्य को वह चुनौती देता हुआ प्रतीत हो रहा है। अतः आज की कहानियों में जीवन के संघर्षों का पक्ष सबल है।

क्रम-सूची

प्रस्तावना

कहानी की रूपरेखा पर कहानी लिखना जितना सरल है उतना ही कठिन भी। कहीं-कहीं पर कहानी के संकेत सूत्रात्मक होते हैं जिन्हें पल्लवित करने में छात्र अपने को असमर्थ पाते हैं। इसके लिए कल्पना और मानसिक व्यायाम की आवश्यकता है। सरलता इसलिए कि प्रमुख विचार बिन्दु पहले से दिए रहते हैं उन्हें छात्र सरलता से पल्लवित कर देते हैं। कभी-कभी तो ऐसा देखा गया है कि दो बिन्दुओं के बीच की खाली जगह में ही कुछ शब्द भर देते हैं। पर यह उनकी अल्पज्ञता का घोतक है। कहानी लिखने के लिए छात्रों को कल्पक भी होना चाहिए। बीच के छोड़े या लुप्त तथ्यों को उन्हें कल्पना से भरना चाहिए। उन संकेतों को सावधानी से पढ़ना चाहिए और तब उन्हें विस्तार देना चाहिए। इसके लिए छात्रों में संवेदनशीलता और कल्पना-प्रवणता का गुण होना आपेक्षित है।

भूमिका

कथा लेखन एक रचना है जिस में जीवन के किसी एक अंग मनोभाव को प्रदर्शित करना ही लेखक का उद्देश्य रहता है ,आप सभी का दिल से धन्यवाद करना चाहुंगी जिनके आशीर्वाद से ये मन की बातें एक रचना के रूप में आपके सामने आ पाई आपकी प्रेरणा से ही मेरी पुस्तक वह चीज बन पाई जिसे पाठकों ने हाथों में ले रखा है।

1

अपाहि ज

मैं आज से तीन-चार साल पहले घटी घटना को याद कर रहा था और उस लड़के को याद कर रहा जो पहली और

आखि र बार ऐसे हालात में मि ला था जो बयान करने पर संस्मरण बन गया है। आज उसी लड़के का फोन आया।

उस दि न मैं आफि स के काम से हजरतगंज से जा रहा था तभी उस लड़के पर नजर पड़ी ऐसा नहीं था कि वहां भीड़

बहुत थी तो मैंने उसे ही क्यों देख रहा था। यह बात कुछ मेरे लि ए रोचक बनी और पत्रकार होने के नाते मेरी

जि ज्ञासा बढ़ गयी थी। वह लड़का पोलि यो से ग्रस्त था परन्तु काफी साफ-सुथरे कपड़े पहने एक पीठ पर बैग भी

टांगे रोड क्रास करने की कोशि श रहा था। चौराहे पर सि गनल न होने के कारण मुझे रूकना पड़ा था जि सकी वजह से

मेरी नजर उस पर लगातार गड़ी हुई थी। जब वह मेरे करीब से गुजरने लगा तो सहज के कारण मैं उससे पूछ बैठा

कि धर जाओगे। उसने सि फ इतना कहा कि डालीबाग जाऊं गा। चकिं मैं बाईक पर था और उसी तरफ जा रहा था तो

उसे गाड़ी पर बैठने के लि ए कहा। वह गाड़ी पर बैठ गया। मैंने उसे डालीबाग मैंने मंत्री आवास पर छोड़ दि या लेकि न

उससे मेरी कुछ बातें भी हुई थी। जो कुछ इस तरह थीं-

मैं-क्या नाम हैं आपका?

वह- राजेश।

मैं-सि र्फ राजेश।

राजेश- नहीं, सर मेरा पूरा नाम राजेश कुमार गौतम।

यहां कहां रहते है।

सर, मैं तो रहने वाला बलि या का हूं।

अच्छा, कोई काम से आये हो।

सर, मैं नौकरी के लि ए आया हूं।

कि तना पढ़े हो और कहां पर नौकरी के लि ए अप्लाई कि या है।

सर मैंने इसी साल बी.काम. कि या है और एक साल का कम्प्यूटर कोर्स भी कि या।

अच्छा, टाईपि गं वगरै ह भी जानते हो।

हां, मैं हि न्दी और अग्रे जी दोनों टाईपि गं आती है। मनै यहां पर मर्त्री जी के यहां अप्लाई कि या था।

मंत्री के यहां।-मैं चौंक क कर पूछ बैठा ।

हां सर, दरअसल में मंत्री हमारे ही गांव के हैं।

अच्छी बात।

तुम्हारा कोई जानने वाला है वहां ?

हां, एक बाबू जी हैं जि नसे हमने तीन-चार महीने पहले बात की थी।

वहां पर कोई सरकारी नौकरी तो नहीं मि लेगी।

जानता हूं सर। लेकि न क्या करुं। हमारे लोगों के पास पैसे तो हैं नहीं जि म्मेदारि यां बहुत हैं। छोटे भाई-बहन की

पढ़ाई, खेती के लि ए पैसा और भी बहुत कुछ है।

तुम्हारे पि ता जी क्या करते हैं। कि तने भाई-बहन हो तुम लोग।

सर मेरे पि ता जी नहीं हैं। हम लोग अपने चाचा के यहां रहते हैं। चाचा-चाची, मां सब लोग मि लकर खेती करते हैं

लेकि न इस बार खेती सारी चैपट हो गई। एक छोटा भाई और दो बहनें हैं। सभी पढ़ रहे हैं।

सॉरी, मैंने श्याद चोट पहुँचा दी।

नहीं, आपने चोट नहीं पहुंचाई जब ऊपर वाला ही साथ न दे तो क्या करेंगे।

ऐसा नहीं। अगर आप मेहनत करेंगे तो सबकुछ मि ल जाएगा।

सर मैं सीधा खड़ा होकर चल नहीं सकता, ये तो आप देख ही रहे हैं। लेकि न बचपन से स्कूल में टॉप आते हुए

स्कॉलर शि प पाकर पढ़ाई की। बस एक नौकरी मि ल जाए तो अपने घर की जि म्मेदारी में हाथ बटं ा सकूं ।

तुम ठीक कह रहे हो। लेकि न नौकरी असानी नहीं मि ल रही है बहुत पापड़ बेलने पड़ते हैं।

सर, मैं कभी खेलने घर से बाहर नहीं गया। बस पढ़ाई करता था क्योंकि मैं एक अपाहि ज था। सभी मुझे दया की

नजर से देखते थे। सर, मैं कभी-कभी तो काफी परेशान हो जाता हूं कैसे मैं अपने घर में हाथ बटाऊं।

देखो, राजेश तुम अपाहि ज नहीं हो। तुमने जो पढ़ाई की उसी को अपनी ढाल बनाओ। आगे बढ़ो। एक और बात तुम

अगर पढ़ते ही रहते हो तो आईएएस, पीसीएस की तैयारी क्यों नहीं करते।

सर, पढ़ाई तो करता हूं लेकि न इन सबके लि ए ढेर सारी कि ताबें कहां से लाऊंगा घर की हालत तो आप जान ही चुके

हैं।

राजेश तुम अगर लखनऊ में रहोगे तो तुम्हारी ये समस्या खत्म कर दंगू ा। यहां जि ला सचू ना के न्द्र में एक लाईब्रेरी

हैं वहां पर सभी तरह की कि ताबें मि लती हैं। तुम वहां जाकर पढ़ लि या करना।

ठीक है सर। आप अपना नम्बर हमें दे दीजि एगा।

बि ल्कुल राजेश और जब भी तुम्हें हमारी जरूरत हो बता देना। मैं मदद नहीं करता बल्कि अपनी खुद जरूरत पूरी

करवाता हूं।

वो कैसे सर।

तुम जब पढ़-लि ख कर एक बड़े अधि कारी बनोगे तो तुम मेरी मदद करोगे न।

अरे सर आप तो हमें शर्मि न्दा कर रहे हैं। बस दुआ हमारे काम आ जाए।

मैंने राजेश को मंत्री आवास के सामने उतारने के साथ-साथ उसे नम्बर भी दे दिया। उस दिन के बाद दो या तीन बार

फोन पर बातें हुई थी। एक बार तो अपनी प्राइवेट नौकरी बारे में बताया और लाईब्रेरी के बारे में बात की थी। मैंने

उसकी फोन से मदद कर दी थी। दूसरी बार जब उसने पीसीएस प्री और मेन्स पास किया था और आज जब उसने

अपनी पीसीएस में चयन होने की खबर दी तो मेरी आंखों में अपने आप पानी आ गया था।

राजेश ने फोन पर काफी तारीफ की कि अगर सर आप न मिलते तो शायद मैं यहां तक न पहुँच पाता। मुझे किताबें

न मिलती और आपसे प्रेरणा न मिलती। इस बात पर मैंने उससे सिर्फ इतना ही कहा कि तुम अपाहिज नहीं थे और

इस दुनिया में कोई भी अपाहिज नहीं। बस हर इंसान ईश्वर के सामने ठीक-ठाक होते हुए भी अपाहिज होने का ढोंग

करता। मेहनत से जी चुराता है। तुमने मेहनत की और सफल हो गये। अपाहित तो समाज है जो हर किसी की

जरूरत को पूरा करने से पीछे भागता है। तुम अपने और अपने आस-पास के लोगों की जरूरत को पूरा करने की

कोशिश करना, मदद नहीं समझे।

2

अम्मा गांव चले

अम्मा घर चलो। अपने गांव चलो जहां अपना घर है।

शन्नो अपनी बेटी कन्नी की तरफ देखते हुए कहती है कि हां, हम चलेंगे अपने घर लेकि न पैसे तो मि ल जाये। हमारे

पास पैसा कहां है।

कन्नी इस पर जि द्द करती है कि अम्मा हम दोनों लोग मि ल कर पैसा इकट्ठा कर लेंगे।

शन्नो कन्नी की बात सुनकर सोच में डूब जाती है। और सोचने लगती है कि जब वह छोटी थी तब उसने भी अपनी

मां से जि द्द की थी और फि र.. लेकि न ऐसा क्या हुआ था कि गांव से शहर आ गयी थी। बात अठ्ठराह साल

पहले.....

अम्मा चलो, गांव चलो। तुम इतनी बार कह चुकी हो कि अपना भी एक गांव है। चाचा-चाची और उनके बच्चे,

सरपंच बाबा, एक खेत जहां खेती भी होती थी, आम का पेड़, झूला। हमें भी गांव देखना है। शन्नो अपनी मां से

जि द्द कर रही थी लेकि न मां कि पि छले पांच-छः साल से यह कह कर टाल देती कि होली में चलेंगे, सावन में,

दि पावली में चलेंगे। फि र भी उसने अपनी जि द्द नहीं छोड़ी। मजबूरी में शन्नो को लेकर चकोरी गांव आ गयी। गांव

पहुंच कर शन्नो काफी खुश नजर आ रही थी, लेकि न चकोरी धीमे-धीमे

कदमों से गांव के अंदर कदम रख रही थी।

शन्नो बार-बार अपनी मां से पूछ रही थी

अम्मा ई कीका घर..... ई कीका घर.... ई कीका घर है।

बि टि या ई घर कल्लू चाचा, ई ननकू भाईया का, ई फलां का.... ई फलां का.... ई फलां का....। अच्छा अब चुप्पे भी

हुई जाओ। बहुत बक-बक करती हो। तनि क देर चुप भी रहा करो।

(चकोरी और शन्नो अपने घर के सामने खड़ी थी, दरवाजा को दीमक खा चुका था, झोपड़ी पूरी तरह से तो नहीं

लेकि न लगभग टूट सी चुकी। घर पहुंचते ही चकोरी ने बढ़नी उठा कर झाड़ू लगाना शुरु कर दि या। तभी शन्नो कहा

)

अम्मा हम चाचा के इंहा हो के आईत है।

अच्छा शन्नो जा...। और चाचा से कह दि यो कि अम्मा बुलाईन झोपड़ी ठीक करे का जरा आ जई हैं।

अच्छा अम्मा....।

थोड़ी देर बाद शन्नो के चाचा एक दो लोगों के साथ आये। और आवाज देने लगे।

भौजी ओ भौजी, कब आई हो और का बात है, शन्नो बि टि या कहत रही कि झोपड़ी सही करे का है।

आवा भईया, अच्छा हुआ औरन का भी लै आये हो। थोड़ी झोपि इया सही करके का रही।

भौजी जानत हो ना प्रधान के पास झोपड़ि या गि रवी पड़ी है। अब कहे ईका ठीक करा रही हो। का कुछ दि न रुकि यो

का।

अरे भईया, का बताई...। शन्नो का परेशान करे लागी रहे। वही के लि ए एक आध पखवारा रुकब और का। वैसे भी

इंहा का रक्खा है। वैसे भी तुम जानत तो हो हर खाये का फांके होए लगी रही। जब से तुहार भईया के खत्म हुई गये

रहें तब से प्रधान भी हम पर बुरी नजर रक्खे रहा रहे। अच्छा भईया, तुम लोग कईस हो, बहुरि या का कर रही रहे।

भौजी वह खाना बनावत रही, हम खेतवा में काम करे जाईत रहे, अब बाद मा जैईबे पहि ले तुहार झोपड़ि या ठीक कर

देई। लेकि न एक बात है भौजी आज का खनवा हमार साथ रही। और बतावा शहर में कौन सा काम कर रही रहो और

खर्चवा कैइस चलत रहा।

कुछ नहीं, बस खर्चवा का, का है। कबहु तो ठेकदारवा जो प्लास्टि क के फकटेरि या में, तो कबहु बोरा सि ले का काम,

तो कबहु कुछ ऐइस ही चला करत है, और का...। बस खाये-पि ये का हुई जात है। अब तो शन्नो की चि तं ा सताये

लाग है। दसवें में लग गई है।

भौजी बात तो तहु ार सही है। शन्नो की चि तं ा तो भी बड़ी है। वईं से भी प्रधान का झोपड़ि या बेच कहे नहीं देवत हो।

भईया, हमरे पास और का है इके अलावा। शन्नो की शादी के लि ए बचाई के रक्खा अहन और का। बेचब जब समय

अहि ये...। कुछ समय बाद हम फि र चलै जईबे और जब ऐईबे तब तक शन्नो भी बड़ी हुई जैइए।

(झोपड़ी में छप्पर और थोड़ा बहुत सही करने के बाद शन्नो के चाचा चले गये, उधर शन्नो भी आ गयी। मां-बेटी ने

मि लकर साफ-सफाई करने के बाद शाम को चकोरी शन्नो को लेकर अपने देवर के घर गयी। वैसे तो देवर का घर

उसकी झोपड़ी से ज्यादा दूर नहीं था, लेकि न रास्ता सही न होने के कारण उन्हें थोड़ा समय लगना ही था। शन्नो

अपने चाचा के पास बैठी उनके छोटे बच्चों के साथ खेलने में मस्त थी। झेलवा अपनी भौजी से बात कर रहा था।)

भौजी और शन्नो को पढ़ावत हो कि नाही।

भईया पढ़ाईत तो है, तीसरे मा गई है। आपन नाम, इनका नाम और थोड़ा बहुत घर का हि साब-कि ताब भी लि ख

लेत है। और इक बात ई जो अगल-बगल के बच्चन का भी पढाई लेत है, जो इका कभी-कधार थोड़ा बहुत पईसवा भी

देई देत हैं। इका पढ़ाई मा मन लागत है और हम इका पढ़ईबे।

हां, भौजी आज-कल पढ़ाई बहुत जरूरी अहै।
(खाना-पीना खाकर दोनों मां बेटी अपनी झोपड़ी में वापस लौट आईं।
आधी रात के बाद प्रधान अपने दो मुसटंडों के
साथ चकोरी के झोपड़ी आ धमका और जोर-जोर से चि ल्लाने लगा।
शन्नो उसकी आवाज सुनकर दुबक गई थी और
चकोरी हाथ जोड़ते हुए गि ड़गि ड़ा रही थी।)
देख चकोरी, ई झोपड़ी में रहे के बरे पहि ले हमार पैइसा देओ, नाहि तो
अभी के अभी झोपड़ि या से बाहर नि कल
जाओ।
प्रधान जी, हमका थोड़ी से मोहलत दई दो, हम दुई चार दि न में चले जाब
और आपका पैइसा जब दैई देई तभी
हमका झोपड़ि या में रहे दियो। वह तो हमार बि टि या जि द्द कर रही रहे
तबही हम इंहा आ रहन। हम इंहा रहे के बरे
नहीं आये हन।
देख चकोरी, हम कुछऊ नाही मालूम पहि ले हमार पैइसा बाद मा कुछ
और बात।
ऐ देख का हो तुम लोगै। नि काल के बाहर करौ इन दोनन का। (अपने
साथ आये दोनों लठैतो देखते हुए प्रधान बोला)
अरे प्रधान जी, इती रात हम मां-बि टि या कहां जैईबे। बस आज की रात
तो रुकन देओ। कलहीं हम नि कल जैईबे।
तब नाई समझ मा आवा रहे जब हमका उल्टा-सीध बोल के गई रहो।
हम तो तुहका बस कुछ दि न अपने
मौज-मस्ती के लि ए रक्खा चाहि त रहे तो बड़े तेवर रहैं तहु र।(प्रधान
बड़ी मछुं न को ऐठतं हुए बोला)
अरे ओ प्रधान कल की बति या का भूल जा। अरे देखना हमरी बि टि या
भी बड़ी होए रही है अत्ती रात होए गई है कल
तक सुबहि यां चले जाब। (प्रधान दांत नि कालकर चकोरी के बाल पकड़
और धक्का दे दि या और बोला)
कल कौनो नई देखि स है, नि कले का तो अबहीं पड़ी और हां, अगर हमारी
बात मनहि यों तो एक हफ्ता रूको और

खाये-पि ये का भी दि क्कत नाई होई।

(शन्नो छुप-छुप कर देख रही थी। मां कि स तरह रो-रो कर प्रधान से गुजारि श कर रही थी, लेकि न प्रधान अपनी

बात पर अड़ा था। वह ज्यादा छोटी भी नहीं थी वह कौन सी बात कर रहा था उसकी मां से। चकोरी धक्का खाने की

वजह से दीवार से टकरा गई थी, जि सके कारण उसके माथे से थोड़ा सा खून नि कल आया था। चकोरी कभी प्रधान

को देखती तो कभी झोपड़ी की ओर जि समें शन्नो सो रही थी, पर अब ऐसा न था। मां को धक्का खाते शन्नो देख

चुकी थी तो भाग कर मां के पास आ गयी। चकोरी ने शन्नो से कहा)

बि टि या चाचा के पास चली जा, उनको जल्दी ले आना।

(शन्नो चाचा के घर की तरफ दौड़ी तो प्रधान ने उसे पकड़ लि या और अपने मुसटंडो के दे दि या और कहा कि इसको

पकड़ के रखो मैं इसकी मां से अपना बदला ले लेता हूं। प्रधान उसके बाल पकड़ते हुए झोपड़ी के अंदर ले गया।

करीब आधे घंटे बाद नि कला। इस बीच झोपड़ी के बाहर शन्नो के महुं पर हाथ रख कर वे मसु टंडे खड़े थे। प्रधान के

नि कलते वे मुसटंडे के साथ अपने घर की ओर चलने को कहा। शन्नो दौड़ कर अपनी मां के पास पहुंची, मां की

हालत को देखकर। वह भाग कर अपने चाचा की घर गई और गांव के कुछ लोगों साथ वापस लौटी। लेकि न तब तक

शायद देर हो चुकी थी।)

आज अठ्ठारह साल बाद भी वह घटना नहीं भूली। वह अपने चाचा के साथ कुछ सालो बाद शहर आ गयी थी। यहीं

अपनी जिं दगी का गुजर-बसर कर रही थी लेकि न दुर्भा ग्य ने शायद उसका साथ न छोड़ा था तभी उसकी भी शादी के

दो-तीन साल बाद उसका पति मजदूरी करते समय बि ल्डिं ग से गि रकर मर गया था। उस समय कन्नी का जन्म

होने वाला था। कन्नी ने कभी अपने पि ता को नहीं देखा था, पर शन्नो अपने पति के साथ पति के गांव कई बार जा

चुकी थी, जि सके कि स्से अपनी बेटी को सुनाती थी लेकि न उसका भी अपनी झोपड़ी भी बेघर हो गयी थी। कन्नी को

बात को सुनकर कभी-कभी परेशान हो जाती थी और सोचती थी कि मेरी परवरि श तो चाचा-चाची ने कर दी लेकि न

अगर मुझे कुछ हो गया तो कन्नी तो महज छः बरस की ही है। उसका कौन ख्याल रक्खेगा। उसकी सोच कुछ ऐसी

थी कि पूरी रात गुजर गई तभी मि ल से सायरन की आवाजें आनी शुरु हो गयी थी। वह ख्याल छोड़ रोज के काम में

लग गयी।

3

चाहत

-खो...खो...खो..।

-क्या हुआ। आज भी तुम दवाई नहीं लाये।

-दवाई कैसे लाता। आज ज्यादा कमाई नहीं हुई। केवल सबकुछ नि कालकर केवल पचास रुपये ही बचे थे। और मैं

जानता था कि घर में दाल नहीं है। गुड़ि या और डब्बू कई दि नों से दाल के लि ए कह रहे थे। इसलि ए पाव भर दाल ले

ली।

--दाल तो ठीक है लेकि न तुम अगर पड़ जाओगे तो...। सोचा है तुमने। बड़ी दीदी और छोटी दीदी से कुछ मांग लेती।

-नहीं-नहीं। अभी नहीं अभी तो पूरा आधा महीना बाकी है और कमरे का कि राया भी तो देना है। कल मैं -अपनी दवा

जरूर ले लगूं। तीनों बच्चे सो गये?

-हां, अभी सुलाया है। तुम्हें इतनी देर कहां हो गई?

-देर क्या......। महम्मूद से हि साब करना था ना इसलि ए थोड़ी देर हो गई।

-अच्छा चलो खाना लो। सुबह कल जल्दी जाना और रात में थोड़ा देर हो जाएगी।

-क्यों क्या हुआ।

-अरे कल छोटी दीदी की बेटी का जन्मदि न है।

-तो बच्चों का खाना वगैरा।

-मैं बीच समय नि कालकर आकर खाना खि ला दंगू ा। बस तमु कल
थोड़ा जल्दी आने की कोशि श करना। और दवाई
भी ले लेना।

-ठीक है। कोशि श करू गा जि तनी जल्दी फे री परूी कर लूं

(यह सब एक मैकू और बीवी सुनीता के बीच चल रही थी बातें। मैकू जो
ठेके पर सब्जी बेचता है उसका मालि क

समझदार है। सुनीता एक ही घर में दो जगह चैका
बर्तन करती है। ज्यादा जगह कर नहीं सकती थी क्योंकि तीनों बच्चे
छोटे थे। गुड़ि या आठ की, डब्बू छः और तीसरा

और सबसे छोटा छुटकू। दूसरे दि न जब मैकू लौट कर आया तो..)

-पापा....पापा...।

-हां, गुड़ि या क्या हुआ।

-पापा देखो, मम्मी आज हमारे लि ये खाने में क्या लायी थीं।

-लाओ देखें क्या लायी थीं।

-मम्मी हमारे और डब्बू के लि ए अच्छा वाला भात और कढी।

-अच्छा....... तुम लोगों ने खाया।

-हां, पापा पेट भर के खाया और मम्मी ने कहा था कि आप भी खा लें।

-अच्छा बि टि या हम खा लेंगे। अब तुम लोग सो जाओ आज मम्मी देर
से आयेंगी।

-ठीक है पापा।

-पापा एक बात कहनी थी।

-हां, बोलो बि टि या।

- क्या हम और डब्बू कभी पढ़ने नहीं जायेंगे।

- क्यों नहीं जाओगी। बि टि या हम तुम सबको पढ़ने भेजेंगे। तुम लोग
पढ़ लि खकर बड़े आदमी बन जाना।पापा जब

हम पढ़ लि ख लेंगे तो आपको और मम्मी को काम नहीं करने देंगे। -ठीक
है बि टि या अब सो जाओ।

(मैकू इन बच्चों की बातों को सुनकर पता नहीं कि स सोच में डूबा था कि
सुनीता के आने की खबर भी नहीं हुई)

-बच्चे सो गये।

-हां, सो गये हैं। काफी देर पहले ही।

-आज काफी देर हो गई। तुम खाना खाया।

-हां, खा लि या था। और तुमने।

-नाश्ता ही बहुत था मेरे लि ए। ऊपर से काम बहुत था इसलि ए ज्यादा खाने की इच्छा भी नहीं हुई। बच्चों के लि ए

बच्चा हुआ कुछ खाना और केक लायी हूं। दीदी कह रही थी कि बच्चों को खि ला देना। बच्चे खुश हो जाएगे।

-चलो अच्छा सो जाओ।

-हां, ठीक कहते हो। एक बज रहा है।

-कल भी काम ज्यादा है।

-एक और बात कहनी थी कि गुड़ि या पढ़ने के लि ए कह रही थी।

- मन तो मेरा भी बच्चों को पढ़ाने को है लेकि न पैसे की मजबूरी आड़े आ रही है।

- अरे ये बात नहीं है। महम्मूद भाई बता रहे थे कि अब तो सरकारी स्कूल में ड्रेस , कापी-कि ताब और बस्ता मि लता

है। और दोपहर का खाना भी।

-चलो देखते हैं। अब सोने दो।

लगभग इसी तरह दस-पन्द्रह साल गुजर गये। गुड़ि या पढ़ने में काफी तेज थी उसने सरकारी स्कूल में सभी शि क्षकों

का दि ल जीत रखा था। खुद तो पढ़ाई करने के साथ-साथ अपने भाई-बहन और पास के कुछ बच्चों पढ़ाने लगी थी।

उन बच्चों से थोड़े बहुत पैसे मि ल जाती थी जि ससे वह अपने छोटे-मोटे खर्च नि काल लेती थी। यह देखकर उसके

मम्मी-पापा भी कुछ नहीं कहते थे कि गुड़ि या उन पर बोझ नहीं थी। गुड़ि या का बारहवीं का रि जल्ट भी आ चुका

था उसने बढ़ि या नम्बरों से स्कूल में टॉप कि या। स्कूल के टीचर ही नहीं, जहां सुनीता जहां काम करती थी वो लोग

भी उसे आगे पढ़ाने की बात कही, लेकि न मैकू और सुनीता उसकी शादी को लेकर चि ंति त थे कि उनकी बि टि या

सयानी

हो गई। इसी बात को लेकर गुड़ि या और माता-पि ता के बीच दो-तीन दि न से बात नहीं हुई। पर अच्छा तब हुआ जब

गड़ि या की बात मान गये। गड़ि या ने आगे की पढ़ाई शुरु करने के साथ ही उसने एक कोचि ंग में पढ़ाना भी शुरु कर

दि या।

- अरे सुनो गुड़ि या।

- हां, मम्मी बताओ, कुछ काम है क्या।

- बेटा कुछ पैसा हो तो देना छुटकी के लि ए कुछ कपड़ा खरीदना है। होली आ रही है न।

- अरे मम्मी आप चि न्ता क्यों करती हो। मैंने सभी के लि ए कपड़े खरीद लि ये

हैं।

- क्या सभी के लि ए? इतने पैसे कहां से आये।

- मम्मी आप तो जानती हो मैं कोचि ंग में पढ़ाती हूं। चारो बचै का कु ल मि लाकर लगभग सात हजार रुपया मि लता

है, जि समें पि छले चार महीने में कुछ पैसा पापा की चाय की दुकान के लि ए बचा रही हूं। बाकी में मैंने कपड़े खरीद

लि ये हैं। - पापा की दुकान........? क्या वह सब्जी नहीं बेचेंगे।

- नहीं मम्मी मैं चाहती हूं कि अब वह फेरी न लगाये। उनकी तबीयत भी ठीक नहीं रहती। मैंने तो दूकान की जगह

भी ढूंढ ली। बस पापा से बात करनी है।

- अरे गुड़ि या। तुम अपने पापा कैसे समझाओगी।

- समझा लेंगे। वैसे भी डब्बू थोड़ी मदद कर देगा। इसके लि ए डब्बू ने हां भी कर दी है।

- तुम इतनी बड़ी कब हो गयी बि टि या। हम तो समझ ही नहीं पाये।

- मम्मी! तुम क्यों रोने लगी। अब तो खुशी के दि न आने वाले हैं। जब डब्बू और छुटकी भी नौकरी करने लगेंगे तो

आप लोगों को काम करने की कोई जरूरत नहीं होगी।

- अच्छा शाम को आने दो तुम्हारे पापा को मैं भी तुम्हारी तरफ से समझाने की कोशि श करूंगी। थैंक्यू मम्मी।

एक दि न अचानक सुनीता को उसकी मालि क छोटी और बड़ी दीदी बधाई देते हुए कहने लगीं कि

- सुनीता तुम्हारी बेटी ने कमाल कर दि खाया है। उसने अपनी पढ़ाई के साथ मेरे दोनों बच्चों को ऐसा पढ़ाया कि वह फस्ट क्लास पास हो गये।

- क्या दीदी आपके बच्चों को पढ़ाया? कब।

- अरे, त ूजानती है न कि तम ुहारी बेटी कोचि ंग में पढ़ाती है। वहीं तो तान्या और वभै व पढ़ने जाते हैं। दोनों के फस्ट इयर में अच्छे नम्बर आये हैं। तान्या बता रही थी कि तुम्हारी बेटी ने कालेज के बाद अब बीटेक भी करने की तैयार कर रही है।

- दीदी ये क्या होता है।

- अरे कुछ नहीं आगे पढ़ाई फि र अच्छी नौकरी। अच्छा सुनो कल गुड़ि या को घर लाना।

- ठीक है दीदी।

दूसरे दि न जब गुड़ि या अपनी मम्मी के साथ पहुंची तो...

- आओ गुड़ि या बैठो।

- अरे दीदी गुड़ि या वहां कहां बैठेगी।

- तुम चुप रहो सुनीता। यह तुम्हारे लि ए तुम्हारी बेटी गुड़ि या है। लेकि न मेरे लि ए साक्षात सरस्वती है। दीदी आप इतना मान मत दो हम लोग काफी छोटे इंसान हैं।

- इंसान अपने कर्मों छोटा बड़ा होता है। और तुम्हारी बेटी अपने कर्मों से अपनी ही नहीं तुम लोगों की जि न्दगी भी संवार दी है। कहां मैकू सब्जी का ढेला वहीं कि सी और के पैसों से लगता था जि समें थोड़ी बहुत कमाई हो पाती थी। और आज उसकी अपनी खुद की दुकान है, ये सब तुम्हारी बेटी के ही कर्म है।

- सच कहूँ दीदी। पहले तो हमने बि टि या को पढ़ाने के लि ए नहीं सोचा लेकि न मास्टर साहब और आप लोगों के कहने से ही आगे पढ़ने के लि ए हांमी

भरी थी। मुझे भी बि टि या पर नाज है।

- लोग कहते हैं कि बेटे घर का चि राग होते हैं वहीं वंश बढ़ाते है। लेकि न देखों तुम्हारी बि टि या वंश नहीं घर की वह

ज्योति है जो पूरे घर को रौशन कर रही है।

- अरे, आंटी आप इतना मत चढ़ाई। यह सब आप लोग और मम्मी-पापा के आशीर्वा द का फल है कि मैं यहां तक

पहुंच पाई। इतना ही नहीं मम्मी मुझे पढ़ता देख कभी कि सी काम को नहीं कहती थी। जब भी कोई काम करने

लगती

तो मुझे डांट देती थी कि अपनी पढ़ाई कर। हम कर लेंगे।

- गुड़ि या........। तुम्हारी मम्मी को हम लोग समझते थे कि बि टि या को पढ़ने के कभी मना न करें और घर-गृहस्थी

के कामों में मत उलझायें इससे तुम्हारा भवि ष्य खराब हो जाएगा। आज तुम्हें और मां को इसी लि ए बुलाया है कि

तुम

लोगों को कुछ बता सकूं।

- क्या आंटी।

- बि टि या! तुम्हारे अंकल तुम्हें कुछ देना चाहते थे और कह रहे थे कि वह तुम्हारी बीटेक पढ़ाई में काम आयेगा।

रोक अभी आयी।

- आंटी यह तो लैपटॉप है।

- बि टि या इस लैपटॉप के साथ एक और चीज।

- आंटी इस लि फाफे में तो...........।

- बि टि या लि फाफे में जो है वह आज के लि ए नहीं। कल के भवि ष्य के लि ए है। हम लोग जानते हैं कि तुम्हारे शि क्षण

को कभी खरीद नहीं सकते हैं। पर तुम भी हमारे बच्चों में से एक हो। जब तुम छोटी सी थीं तब से तुम्हें देखते आये

हैं। हमारे बच्चे खि लौनों के लि ए लड़ते थे पर तुम...। तुम तो पुरानी फ्रॉक पाकर भी बहुत खुश हो जाती थी।

- आंटी, अंकल ने सोचा हमारे लि ए इतना ही बहुत है। पर हमें शर्मि न्दा

न करें।

- बि टि या, क्या तुम अपनी दूसरी मम्मी-पापा की बात नहीं मानोगी।

- आंटी आप सही कह रही हैं कि आप मेरे मम्मी-पापा के ही समान हैं।

- नहीं बेटी। ऐसा नहीं हम तुम्हें अपनी बेटी बनाना चाहते हैं और बेटी बनाने से पहले तुम्हें अपने नालायक बेटे आगे

खड़ा करना चाहते हैं जि से देखकर हमारी पसंद को नकार न सकें।

- दीदी! यह क्या कह रहीं हैं आप।

- सुनीता! सही कह रही हूं। हम दोनों ने नि र्णय लि या है कि गुड़ि या हमारे घर की रोशनी बने और इसके लि ए हमें

इसे आगे बढ़ाने के लि ए जो भी करना पड़े वह करेंगे। और शायद तुम्हें भी कोई इस पर ऐतराज नहीं होगा।

- दीदी! पर हम लोग छोटे लोग हैं। यह कहां सम्भव है। क्या कहेंगे आपके घर और रि श्तेदार वगैरा।

- सुनीता कोई कुछ नहीं कहता। कहते वहीं लोग हैं जो खुद से कुछ कर नहीं पाते और दूसरे को आगे बढ़ने से जलते

हैं।

- पर दीदी हम लोग नीची जात के हैं।

- अच्छा तुम दोनों बात बताओ कि अगर सुशांत कि सी ऐसी लड़की से शादी करके घर ले आये जो तुम लोगों से भी

नीची जाति के हों। तब क्या हम सुशांत को घर से नि काल देंगे। बस थोड़े दि न शायद हम लोग बात नहीं करेंगे या

फि र

उन्हें लग कर देंगे। उस समय भी ये रि श्तेदार-पास-पड़ोस के लोग बातें कहेंगे ही।

- आंटी। बात आप सही कह रही हैं पर क्या सुशांत को मेरे बारे मालूम है।

- मेरी गुड़ि या। सुशांत ने ही तो हमारे लोगों का ध्यान तुम्हारी मोड़ा। - मतलब आंटी।

- मेरा मतलब है कि सुशांत ने बच्चें तान्या और वैभव को पढ़ने के लि ए डांटता और कहता कि देखों गुड़ि या को

उसके पास कुछ भी नहीं वह पढ़ने में कि तनी अच्छी है कि उसने अपनी

पढ़ाई के साथ-साथ तुम लोगों पढ़ाती है।

वह जहां भी जाएगी वह घर जन्नत बन जाएगा। एक तुम लोग हो पूरे गोबर। कभी पढ़ने को न कहो।

- दीदी एक बात बताओ? क्या कभी उसने गुड़ि या से शादी करने के लि ए कहा।

- नहीं, लेकि न एक बात तो उसने सही कही। वह यह कि गुड़ि या जहां भी जाएगी। वह घर रोशनी से भर जाएगा।

भगवान ऐसी बेटी सभी को दें।

- दीदी। आपने तो मुझे ऐसा सम्मान दे दि या है। जि सका मैं कभी अहसान नहीं चुका सकती है।

- सुनीता चुका सकती हो। अपनी गुड़ि या मुझे देकर। लेकि न अभी नहीं जब तक यह अपनी पढ़ाई पूरी नहीं कर लेती

और अभी इस बातों का जि क्र कि सी न करना। मैकू

से भी नहीं और एक बात गुड़ि या तुम अपनी पढ़ाई पर ध्यान देना। यह बातें तो बस ऐसे ही महुं से नि कल गयी।

अगर तुम्हें कोई और पसंद हो तो भी बता देना तुम्हारी शादी उससे करवा देंगे। इतना ही नहीं सुशांत पसंद न हो तब

भी बता

देना।

- नहीं! आंटी ऐसी कोई बात नहीं है।

- अच्छा। कोई नहीं। मन लगाकर पढ़ाई करो। अपने पापा-मम्मी के साथ हमारा भी मान रखना।

- ठीक है आंटी।

- अभी-भी आंटी। मम्मी कहने की आदत डाल लेना।

- जी।

- ओक बाय...। बीच-बीच में आते रहना। और ये रखों अपना समान।

- थैंक्यू।

धीरे-धीरे वह समय भी आ गया जब गुड़ि या सुशांत की सगाई का दि न आ गया। इस सगाई वाले दि न से दि न पहले

तक सुशांत के घर में काफी हंगामा हुआ। सुशांत

के मामा-मामी, बुआ-फूफा कुछ और सगे रि श्तेदार तरह-तरह की बातें को लेकर कहने लगे कि कोई और लड़की

नहीं मि ली थी कि एक नौकरानी की लड़की से उसकी शादी कर रहे हैं आप लोग। शायद लड़की ने सुशांत को फंसा

लि या होगा और अब उसके घर वाले तो ब्लैकमेल कर रहे होंगे। कुछ ने तो यहां तक कहा कि आप अगर हां करे तो

फलां की लड़की से शादी करा देंगे और घर नोटो से भर जाएगा। इन सब बातों का सुशांत के माता-पि ता और

चाचा-चाची ने एक ही जवाब दि या। उन्हें एक सुशील, पढ़ी-लि खी और समझदार लड़की चाहि ए न कि केवल नोटों से

भरी बोरी, पढ़ाई के नाम पर केवल आजाद ख्याल और बड़ी-बड़ी पार्टि यों में हॉय-हैल्लो कहने वाली शो पीस।

जि सको सगाई में आना हो आये जि सको न आना हो न आये। कि सी से हाथ नहीं जोड़ेंगे। इधर गुड़ि या के घर में

खुशी का ठि काना नहीं था। डब्बू भी कि सी जगह पर नौकरी करने लगा था। गुड़ि या के मम्मी-पापा जि तने खुश थे

उतने ही चि न्ति त कहीं उनसे चूक न हो जाए। लेकि न एक अहम् बात यह थी कि गड़ि या के होने वाले सास यानि की

बड़ी दीदी ने एक भी पैसा दहेज न लेने और सगाई का सारा इंतेजाम भी खुद ही ले रखा था। उन्हें सि फ गुड़ि या के

साथ अपने रि श्तेदार को लाने के लि ए कहा था। - गुड़ि या.........।

- जी, मम्मी जी। कोई काम।

- नहीं बेटा। बैठे-बैठ तुम थक तो नहीं गईं।

- नहीं मम्मी जी।

- तुम खुश तो हो न।

- मम्मी जी। आपने जो मेरे मम्मी-पापा का मान बढ़ाया है इससे खुशी की क्या बात होगी।

- जि तना मैं खुश हूं तुम नहीं जानती। मैंने शायद जीवन में कुछ ऐसा अच्छा काम कि या होगा जो तुम मेरे बेटे की

जीवन साथी बनी। और एक बात जि स तरह तुमने अपने घर को रौशन

कि या था उसी तरह मेरे बेटे और घर के

कोने-कोने को रोशन करना।

- क्या बात हो रही है? मां-बेटी में। (सुशांत के पि ता ने कहा)

- कु छ नहीं, बस यूं ही। बेटी से कह रही थी कि तमु ने हम लोगों को बहुत बड़ी खशुी दी है।

- बात तो तमु सही कही। अच्छा गड़ि या तमु हारी टे॰नि गं कब से हो रही है।

- पापा जी वो नेक्स मान्थ से।

- ठीक है। मैंने तुम्हारे पापा-मम्मी और सुशांत से बात की है कि तुम दोनों की शादी इसी महीने की 15 पन्द्रह

तारीख की रखी है। तुम्हें तो कोई प्राब्लम तो नहीं है।

- पापा जी आप लोगों जो नि र्णय लि या है वह ठीक ही होगा।

- ऐसा नहीं है बेटा। बस इतना है कि तमु हारी टे॰नि गं होने से पहले तमु लोगों का टूर भी फाइनल हो जाए।

- जी, बि लकुल।

- तुमने सुशांत से बात की।नहीं पापा। पर वो बहुत अच्छे हैं उन्होंने मुझसे कहा है कि वह हमारी जॉब, परि वार और

रि श्तों के बीच कोई मतभेद नहीं होगा और न ही को इगो आड़े आएगी।-बेटा। सुशांत बचपने से ही काफी समझदार

है। तभी तो जब से मैंने उसे तुम्हें उसका जीवन साथी बनाने के बारे में कहा तो वह आसानी से मान गया। एक बात

और तुम्हे पसंद करता था हम दोनों को मालूम था कि वह तान्या को कोचि गं से लेने के बहाने तमु हें देखने जाता

था।गुड़ि या बैठे-बैठ कब अपने अतीत के पन्नों में खो गयी थी उसे पता ही नहीं चला। सुशांत को आफि स से आने

में देर थी और वह भी आफि स से वापस लौटकर थोड़ा आराम करना चाहती थी इसलि ए वह चुपचाप आंख बंद

करके अपनी बच्ची के बगल में बैठ गयी। उसका तीन साल का बेटा पास ही सो रहा था। उसकी आंख तब खुली जब

सुशांत ने आकर उसके माथे पर हाथ रखकर पूछा कि क्या हुआ काफी

शान्त बैठी हो। इस पर वह सि र्फ उसे देखते हुए उसके गले लग गयी। बोली हमें भी कि सी और की गुड़ि या का जीवन संवारना होगा। दोनों भावुक हो गये।

4

दुखी मन

आज से करीब 10 साल पहले मैं दुःखी था, क्यों? क्योंकि मेरी ज्योति की शादी होने जा रही थी। मैं

उसे चाहता था लगभग पांच से पहले से लेकि न कभी कह नहीं सका। मैं इतना जानता था कि वो मुझे पसंद करती

है, इसका पता तब चला था जब मैं कुछ दि न के लि ए कम्प्यूटर इंस्टीट्यूट नहीं गया। उस समय मैं कुछ दि न बीमार

पड़ गया था, न। उस समय मोबाइल का चलन नहीं था, बस टेलीफोन ही एक मात्र सहारा था, लेकि न हमारे घर में

उसकी भी सुवि धा नहीं थी, जि ससे वो मेरा हाल चाल ले सकती।

पि छले पांच सालों में मैं उसकी छोटी सी छोटी बात और उसके मन की वो सारी बातें जान चुका था, जो वह

करना चाहती थी। उसने बताया कि उसकी षादी होने वाली है, जि स पर मैंने उसे बधाई तो उसने कहा कि 'लड्डू

बांटो, अब तुम्हारा कोई सर खाने वाला नहीं रहेगा है और न ही तुम्हें कोई परेषान करेगा'। उसके कहने में कुछ

अलग ही बात थी, आंखे सूजी हुई जैसे तीन-चार दि न से सोई न हो। मैं पूछा कि आंखों में क्या हुआ तो सि र्फ हंस

कर टाल दि या था।

उसने खुद ही बताया कि उसको कि सी राजेष नाम के लड़के ने प्रपोज कि या है और यह भी बताया था कि

उसके घर वाले कल आये थे। उसकी सगाई भी कल ही हो गई है। अब आप पूछेंगे मैं कहा था मैं नई-नई नौकरी लगी

थी और दूसरे जि ला में तैनात होने के कारण उसके घर भी नहीं आ पाता था, वो रवि वार का दि न होने के कारण और

काफी दि न से मुलाकात न होने के कारण मन बेचैन हो चुका था, ज्योति से मि लने की इच्छा कर रही थी, तो उसके

घर चला गया था। मैं उसे अपनी नौकरी की ज्वानि गं की खशु -खबरी देने गया था, जहां मझु े एक सरप्राईज मि ल

गया था। उसकी मां का देहान्त हो चुका था, वह अपने पि ता और भाई-भाभी के साथ रह रही थी।

हम दोनों बैठे बातें कर रहे थे, तभी भाभी आईं, उन्होंने मुझसे कहा कि राज ज्योति को बधाई दी कि नहीं।

मैंने हंसते हुए कहा कि आपसे पहले ज्योति मुझे बता चुकी है और उसे बधाई भी दे डाली है। इस पर ज्योति ने मुझे

इस कदर देखा और शायद गुस्से में कमरे से बाहर चली गयी थी। भाभी-भाई ने मुझसे षादी कार्ड छपवाने, कार और

भी कई काम की जि म्मेदारी सौप दी। उन्होने बताया कि दो माह बाद उसकी शादी है। काफी खरीददारी करनी है, मैं

बैठू और वो लोग बाजार जा रहे हैं, उस पर से ज्योति भी अकेली है, उसे कुछ देर की ही सही कंपनी मि ल जायेगी।

वो लोग बाजार चले जा चुके थे। मैं भी बैठे-बैठे बोर हो रहा था, तभी टीवी चलाकर टाईम पास करने की

कोषि ष कर रहा था। मेरे मन काफी उथल-पुथल मची हुई थी, ज्योति को लेकर। अब उसका सामना कैसे करूंगा,

समझ में नहीं आ रहा था। ज्योति पास में आकर बैठ गयी, षायद वो वाषरूम में रो रही थी, आंख बता रही थी। मैंने

उसकी तरफ देखा मुझसे रहा नहीं, बस इतना ही बोल पाया कि मैं चाहता हूं कि दुनि यां सारी खुषी मि ले और कभी

भी अपने परि वार वालों को कोई दुख न देना, आपनी खुषी पाने के लि ए।

मैं अपने घर चला आया। लगभग कुछ ही दि न बीते थे कि ज्योति का फोन आया कि मैं कहां हूं, भाभी याद

कर रही हैं। मैं अगले दि न रात नौ बजे आफि स से सीधे उसके घर चला गया, रात-दि न मेरा उसके घर में आने-जाने

में कभी कोई रोक टोक नहीं थी। घर पर ज्योति सि फ अकेली थी, उसने बताया कि भाभी कार्ड खरीद कर रख गई है,

कार बुक करने और जो काम बताया था, उसके लि ए पैसा भी दे गयी हैं। मैंने उससे पूछा कि और तो कुछ काम

बाकी नहीं है क्योंकि अगले लगभग दस-पन्द्रह दि न नहीं आ सकूंगा, आफि स में बहुत काम है और अब मैं चलूं

जैसे ही मैं चलने को हुआ, उसने कहा कि वो मुझे छोड़कर दूर नहीं रह सकती। इस पर मैंने सि फ इतना कहा कि

दोस्त कभी अलग नहीं होते, दूर होने की बात बहुत दूर की है, आंख बंद करना तुम्हारे करीब रहूंगा। मुष्कि ल के

समय आवाज देना तुम्हारे पास पहुंच जाऊंगा।

ज्योति ने कहा, 'इतना चाहते हो, कभी कहा क्यों नहीं कि मै उससे प्यार करता हूं।' मैं क्या बोलता सि फ

सर झुका कर वहां से चला आया। अब शादी का एक दि न बचा था, मैंने सारे काम पूरे कर दि ये थे और रही कार वो

तो कल ही लाना था, सो दूसरे दि न का वादा करके मैं षादी वाले दि न सुबह से ही पहुंच कर काम करवा रहा था।

लगभग षाम के छः बजे होंगे, तभी पीछे से भाभी की आवाज आई अरे कुमार जोकि मेरा नाम है, पुकाराती

हुई पास आयी और बोली 'कुमार ज्योति को पार्लर गये लगभग दो घंटे हो गये हैं कार लेकर जाओ उसे ले आओ।'

मैंने कहा 'भाभी मैं, क्यों और लड़कि यां कहां गई, उन्हें भेज देती और मैं तो पार्लर भी नहीं जानता'।

भाभी ने कहा, 'लड़कि यां अभी घर से ही नहीं आईं हैं, पार्लर ड्राइवर जानता है, जाओ, जल्दी जाओ।' अब

भाभी की बात को टाल भी नहीं सकता था, लेकि न सबसे मुष्कि ल काम

था कि ज्योति का सामना करना। पार्लर

पहुँचा, ज्योति सज चुकी थी और वो कार का ही शायद इंतजार कर रही थी।

पार्लर के अंदर से आवाज आई दुल्हन को ले जाईए, मैंने पार्लर के अंदर कदम रख कर बोला 'दुल्हन तो हम

ही ले जाएंगे।' मैंने शायद अंदाजा भी नहीं लगाया था कि मैंने क्या बोल दि या है। पार्लर की मालि कन हंस पड़ी तो

ज्योति को भी आ गयी। मैं झेंप सा गया था। हम दोनों कार में बैठ गये वो पीछे की सीट पर बैठी हुई मैं ड्राइवर के

साथ आगे की सीट पर था।

गाड़ी कुछ दूर ही चली थी मेरी नजर गाड़ी में लगे ऊपर के मि रर पर पड़ी वो पीछे बैठी लगातार आंसू बाहर

रही थी, जि ससे उसकी आंखों कि नारे-कि नारे काजल फैल गया था, उसकी नजर भी मि रर पर पड़ी तब वह आंसू

छि पाने लगी, जो अब छि पा नहीं सकती थी। मुझे एक दि न की बात याद आई जब मैं उससे मजाक में कहा था,

देखना जब भी तुम दुल्हन बनोगी तो सबसे पहली नजर मुझे से ही मि लेगी और मैं तुम्हे बताऊंगा कि तुम कि तनी

सुन्दर लग रही हो और मेरे बि ना तुम दुल्हन बन भी नहीं सकती। अब मुझे पार्लर में कही बात पर बहुत अफसोस

हुआ और मेरी आंखों में भी आंसू आ गये।

शादी हो गयी, मैं उदास-उदास रहने लगा था। शादी के कुछ दि नों बाद वो आई और मैसेज भि जवाया कि वो

मुझसे मि लना चाहती है। मैं गया मि ला कुछ देर बैठ भी फि र चला आया। इस तरह उससे मि लते-मि लते आज

लगभग 10 वर्ष बीत चुके हैं। मैंने भी शादी कर ली है। वो भी मेरी शादी में आयी थी, अपने पति के साथ। आज भी

हम अच्छे दोस्त हैं, बस इतना है कि आज वो अपने परि वार के दायि त्वों को नि भा रही है और मैं अपने परि वार के।

उस समय केवल मैं उसके लि ए दुखी था, लेकि न आज मैं उसको लेकर

काफी खुश हूं कि उसने मेरी बात
मानी और हमारी दोस्ती पर कि सी को उंगली उठाने का मौका नहीं दि
या। रही बात उसके घरों की तो सभी को
मालूम हो चुका था कि हम दोनों एक-दूसरे से प्यार करते थे लेकि न कभी
भी कि सी को कोई कहने का मौका नहीं
दि या कि हम गलत है।
कभी-कभी याद आती उस अतीत की और मैं इस दुख-सुख के अहसास
को अपने दि ल के पास ही रखता हूं।

5

कसक

ट्रेन चलने को ही थी कि अचानक कोई जाना पहचाना सा चेहरा जर्नल बोगी में आ गया। मैं अकेली सफर पर थी।

सब अजनबी चेहरे थे। स्लीपर का टिकिट नही मिला तो जर्नल डिब्बे में ही बैठना पड़ा। मगर यहां ऐसे हालात में

उस शख्स से मिलना। जिंदगी के लिए एक संजीवनी के समान था।

जिंदगी भी कमबख्त कभी कभी अजीब से मोड़ पर ले आती है। ऐसे हालातों से सामना करवा देती है जिसकी

कल्पना तो क्या कभी ख्याल भी नही कर सकते।

वो आया और मेरे पास ही खाली जगह पर बैठ गया। ना मेरी तरफ देखा। ना पहचानने की कोशिश की। कुछ इंच की

दूरी बना कर चुप चाप पास आकर बैठ गया। बाहर सावन की रिमझिम लगी थी। इस कारण वो कुछ भीग गया था।

मैंने कनखियों से नजर बचा कर उसे देखा। उम्र के इस मोड़ पर भी कमबख्त वैसा का वैसा ही था। हां कुछ भारी हो

गया था। मगर इतना ज्यादा भी नही।

फिर उसने जेब से चश्मा निकाला और मोबाइल में लग गया।

चश्मा देख कर मुझे कुछ आश्चर्य हुआ। उम्र का यही एक निशान उस पर नजर आया था कि आंखों पर चश्मा चढ़

गया था। चेहरे पर और सर पे मैने सफेद बाल खोजने की कोशिश की

मगर मुझे नही दि खे।

मैंने जल्दी से सर पर साड़ी का पल्लू डाल लि या। बालो को डाई कि ए काफी दि न हो गए थे मुझे। ज्यादा तो नही थे

सफेद बाल मेरे सर पे। मगर इतने जरूर थे कि गौर से देखो तो नजर आ जाए।

मैं उठकर बाथरूम गई। हैंड बैग से फेसवाश नि काला चेहरे को ढंग से धोया फि र शीशे में चेहरे को गौर से देखा।

पसंद तो नही आया मगर अजीब सा मँहु बना कर मनै शीशा वापस बगै में डाला और वापस अपनी जगह पर आ

गई।

मग़र वो साहब तो खि ड़की की तरफ से मेरा बैग सरकाकर खुद खि ड़की के पास बैठ गए थे।

मुझे पूरी तरह देखा भी नही बस बि ना देखे ही कहा, " सॉरी, भाग कर चढ़ा तो पसीना आ गया था । थोड़ा सुख जाए

फि र अपनी जगह बैठ जाऊंगा।" फि र वह अपने मोबाइल में लग गया। मेरी इच्छा जानने की कोशि श भी नही की।

उसकी यही बात हमेशा मुझे बुरी लगती थी। फि र भी ना जाने उसमे ऐसा क्या था कि आज तक मैंने उसे नही

भुलाया। एक वो था कि दस सालों में ही भूल गया। मैंने सोचा शायद अभी तक गौर नही कि या। पहचान लेगा। थोड़ी

मोटी हो गई हूँ। शायद इसलि ए नही पहचाना। मैं उदास हो गई।

जि स शख्स को जीवन मे कभी भुला ही नही पाई उसको मेरा चेहरा ही याद नही

माना कि ये औरतों और लड़कि यों को ताड़ने की इसकी आदत नही मग़र पहचाने भी नही

शादीशुदा है। मैं भी शादीशुदा हुँ जानती थी इसके साथ रहना मुशिक ल है मग़र इसका मतलब यह तो नही कि अपने

खयालो को अपने सपनो को जीना छोड़ दं।

एक तमन्ना थी कि कुछ पल खुल के उसके साथ गुजारूं। माहौल दोस्ताना ही हो मगर हो तो सही

आज वही शख़्स पास बैठा था जि से स्कूल टाइम से मैंने दि ल मे बसा रखा था। सोसल मीडि या पर उसके सारे

एकाउंट चोरी छुपे देखा करती थी। उसकी हर कवि ता, हर शायरी में खुद को खोजा करती थी। वह तो आज पहचान

ही नही रहा

माना कि हम लोगों में कभी प्यार की पींगे नही चली। ना कभी इजहार हुआ। हां वो हमेशा मेरी केयर करता था, और

मैं उसकी केयर करती थी। कॉलेज छुटा तो मेरी शादी हो गई और वो फ़ौज में चला गया। फि र उसकी शादी हुई। जब

भी गांव गई उसकी सारी खबर ले आती थी।

बस ऐसे ही जि ंदगी गुजर गई।

आधे घण्टे से ऊपर हो गया। वो आराम से खि ड़की के पास बैठा मोबाइल में लगा था। देखना तो दूर चेहरा भी ऊपर

नही कि या

मैं कभी मोबाइल में देखती कभी उसकी तरफ। सोसल मीडि या पर उसके एकाउंट खोल कर देखे। तस्वीर मि लाई।

वही था। पक्का वही। कोई शक नही था। वैसे भी हम महि लाएं पहचानने में कभी भी धोखा नही खा सकती। 20

साल बाद भी सि फ आंखों से पहचान ले

फि र और कुछ वक्त गुजरा। माहौल वैसा का वैसा था। मैं बस पहलू बदलती रही।

फि र अचानक टीटी आ गया। सबसे टि कि ट पूछ रहा था।

मैंने अपना टि कि ट दि खा दि या। उससे पूछा तो उसने कहा नही है।

टीटी बोला, "फाइन लगेगा"

वह बोला, "लगा दो"

टीटी, " कहाँ का टि कि ट बनाऊं?"

उसने जल्दी से जवाब नही दि या। मेरी तरफ देखने लगा। मैं कुछ समझी नही।

उसने मेरे हाथ मे थमी टि कि ट को गौर से देखा फि र टीटी से बोला, " कानपुर।"

टीटी ने कानपुर की टि कि ट बना कर दी। और पैसे लेकर चला गया।
वह फि र से मोबाइल में तल्लीन हो गया।
आखि र मुझसे रहा नही गया। मैंने पूछ ही लि या,"कानपुर में कहाँ रहते हो?"
वह मोबाइल में नजरें गढ़ाए हुए ही बोला, " कहीँ नही"
वह चुप हो गया तो मैं फि र बोली, "कि सी काम से जा रहे हो"
वह बोला, "हाँ"
अब मै चुप हो गई। वह अजनबी की तरह बात कर रहा था और अजनबी से कै से पछू लूँ कि स काम से जा रहे हो।
कुछ देर चुप रहने के बाद फि र मैंने पूछ ही लि या, "वहां शायद आप नौकरी करते हो?"
उसने कहा,"नही"
मैंने फि र हि म्मत कर के पूछा "तो कि सी से मि लने जा रहे हो?"
वही संक्षि प्त उत्तर ,"नही"
आखरी जवाब सुनकर मेरी हि म्मत नही हुई कि और भी कुछ पूछूँ। अजीब आदमी था । बि ना काम सफर कर रहा
था।
मैं मँहु फे र कर अपने मोबाइल में लग गई।
कुछ देर बाद खुद ही बोला, " ये भी पूछ लो क्यों जा रहा हूँ कानपुर?"
मेरे महुं से जल्दी में नि कला," बताओ, क्यों जा रहे हो?"
फि र अपने ही उतावलेपन पर मुझे शर्म सी आ गई।
उसने थोड़ा सा मुस्कराते हुवे कहा, " एक पुरानी दोस्त मि ल गई। जो आज अकेले सफर पर जा रही थी। फौजी
आदमी हूँ। सुरक्षा करना मेरा कर्तव्य है । अकेले कैसे जाने देता। इसलि ए उसे कानपुर तक छोड़ने जा रहा हूँ। "
इतना सुनकर मेरा दि ल जोर से धड़का। नॉर्मल नही रह सकी मैं।
मगर मन के भावों को दबाने का असफल प्रयत्न करते हुए मैंने हि म्मत कर के फि र पूछा, " कहाँ है वो दोस्त?"
कमबख्त फि र मुस्कराता हुआ बोला," यहीं मेरे पास बैठी है ना"
इतना सुनकर मेरे सब कुछ समझ मे आ गया। कि क्यों उसने टि कि ट

नही लि या। क्योंकि उसे तो पता ही नही था
मैं कहाँ जा रही हूं। सि र्फ और सि र्फ मेरे लि ए वह दि ल्ली से कानपुर का सफर कर रहा था। जान कर इतनी खुशी
मि ली कि आंखों में आंसू आ गए।
दि ल के भीतर एक गोला सा बना और फट गया। परि णाम में आंखे तो भि गनी ही थी।
बोला, "रो क्यों रही हो?"
मै बस इतना ही कह पाई," तुम मर्द हो नही समझ सकते"
वह बोला, " क्योंकि थोड़ा बहुत लि ख लेता हूँ इसलि ए एक कवि और लेखक भी हूँ। सब समझ सकता हूँ।"
मैंने खुद को संभालते हुए कहा "शुक्रि या, मुझे पहचानने के लि ए और मेरे लि ए इतना टाइम नि कालने के लि ए"
वह बोला, "प्लेटफार्म पर अकेली घूम रही थी। कोई साथ नही दि खा तो आना पड़ा। कल ही रक्षा बंधन था। इसलि ए
बहुत भीड़ है। तुमको यूँ अकेले सफर नही करना चाहि ए।"
"क्या करती, उनको छुट्टी नही मि ल रही थी। और भाई यहां दि ल्ली में आकर बस गए। राखी बांधने तो आना ही
था।" मैंने मजबूरी बताई।
"ऐसे भाइयों को राखी बांधने आई हो जि नको ये भी फि क्र नही कि बहि न इतना लंबा सफर अकेले कैसे करेगी?"
"भाई शादी के बाद भाई रहे ही नही। भाभि यों के हो गए। मम्मी पापा रहे नही।"
कह कर मैं उदास हो गई।
वह फि र बोला, "तो पति को तो समझना चाहि ए।"
"उनकी बहुत बि जी लाइफ है मैं ज्यादा डि स्टर्ब नही करती। और आजकल इतना खतरा नही रहा। कर लेती हुँ मैं
अकेले सफर। तुम अपनी सुनाओ कैसे हो?"
"अच्छा हूँ, कट रही है जिं दगी"
"मेरी याद आती थी क्या?" मैंने हि म्मत कर के पूछा।
वो चुप हो गया।

कुछ नही बोला तो मैं फि र बोली, "सॉरी, यूँ ही पूछ लि या। अब तो परि
पक्व हो गए हैं। कर सकते है ऐसी बात।"

उसने शर्ट की बाजू की बटन खोल कर हाथ मे पहना वो तांबे का कड़ा दि
खाया जो मैंने ही फ्रेंडशि प डे पर उसे दि या

था। बोला, " याद तो नही आती पर कमबख्त ये तेरी याद दि ला देता
था।"

कड़ा देख कर दि ल को बहुत शुकुन मि ला। मैं बोली "कभी सम्पर्क क्यों
नही कि या?"

वह बोला," डि स्टर्ब नही करना चाहता था। तुम्हारी अपनी जिं दगी है
और मेरी अपनी जिं दगी है।"

मैंने डरते डरते पूछा," तमु हे छू लँु"

वह बोला, " पाप नही लगेगा?"

मै बोली," नही छू ने से नही लगता।"

और फि र मैं कानपुर तक उसका हाथ पकड़ कर बैठी रही।।

बहुत सी बातें हुईं।

जिं दगी का एक ऐसा यादगार दि न था जि से आखरी सांस तक नही बुला
पाऊंगी।

वह मुझे सुरक्षि त घर छोड़ कर गया। रुका नही। बाहर से ही चला गया।
जम्मू थी उसकी ड्यूटी । चला गया।

उसके बाद उससे कभी बात नही हुई । क्योंकि हम दोनों ने एक दूसरे के
फोन नम्बर नही लि ए।

हांलांकि हमारे बीच कभी भी नापाक कुछ भी नही हुआ। एक पवि त्र सा
रि श्ता था। मगर रि श्तो की गरि मा बनाए

रखना जरूरी था।

फि र ठीक एक महीने बाद मैंने अखबार में पढ़ा कि वो देश के लि ए शहीद
हो गया। क्या गुजरी होगी मुझ पर वर्णन

नही कर सकती। उसके परि वार पर क्या गुजरी होगी। पता नही

लोक लाज के डर से मैं उसके अंति म दर्शन भी नही कर सकी।

आज उससे मीले एक साल हो गया है आज भी रखबन्धन का दूसरा दि
न है आज भी सफर कर रही हूँ। दि ल्ली से

कानपुर जा रही हूं। जानबूझकर जनरल डि ब्बे का टि कि ट लि या है मैंने। अकेली हूँ। न जाने दि ल क्यों आस पाले बैठा है कि आज फि र आएगा और पसीना सुखाने के लि ए उसी खि ड़की के
पास बैठेगा।

सृष्टि के शैशव काल में जब से मानव ने होश संभाला तभी से कहानी सुनने की प्रवृत्ति उसके मन में जागी। यह मन को रिझाने, दिल को हौले-हौले सहलाने और मन को गुदगुदाने का कार्य करती थी। कहानी पढ़ने-सुनने लिखने की एक सुदीर्घ परम्परा है। कहानी समान भाव और चाव से सभी उम्र के बच्चे, युवा, वृद्ध सुनना या पढ़ना चाहते हैं। इस वजह से साहित्य की अन्य विधाओं की अपेक्षा कथा लेखन की लोकप्रियता अत्यधिक है।

www.ingramcontent.com/pod-product-compliance
Lightning Source LLC
Chambersburg PA
CBHW031246130726
47988CB00008B/3268